만일 내가
인생을
다시 산다면

만일 내가 인생을 다시 산다면

초판 1쇄 ｜ 2007년 9월 28일
개정판 1쇄 ｜ 2016년 6월 20일

지은이 ｜ 김하
펴낸이 ｜ 유동범
펴낸곳 ｜ 도서출판 토파즈

출판등록 ｜ 2006년 6월 26일 제313-2006-000137호
주 소 ｜ 경기도 고양시 덕양구 행신동 746-7번지 써니빌 102호
전 화 ｜ 02-323-8105
팩 스 ｜ 02-323-8109
이메일 ｜ topazbook@hanmail.net

ⓒ 2016 토파즈

ISBN 978-89-92512-50-3 (03890)

만일 내가
인생을
다시 산다면

김하 엮음

토파즈

1 단 한 번만이라도 더

2 우리는 그동안 너무

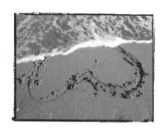

3 누군가를 사랑한다는 것

4 아직 시간이 남아 있다

1
단 한 번만이라도 더

나마스테

나는 당신 내면의 그곳

우주 전체가 자리한 그곳을 경배합니다.

나는 당신 내면의 그곳

사랑과 빛, 진실과 평화가 깃든 그곳을 경배합니다.

나는 당신 내면의 그곳을 경배합니다.

당신이 당신 내면의 그곳에 있고

내가 나의 내면의 그곳에 있으면

우리는 하나가 됩니다.

나마스테.

네팔 기도문

만일 내가 인생을 다시 산다면

만일 내가 인생을 다시 산다면
이번에는 더 많은 실수를 저지르리라.
긴장을 풀고 몸을 부드럽게 하리라.
그리고 좀더 우둔해지리라.
가급적 모든 일을 심각하게 생각하지 않을 것이며
보다 많은 기회를 놓치지 않으리라.

더 자주 여행을 하고
더 자주 석양을 구경하리라.
산에도 가고 강에서 수영도 즐기리라.
아이스크림도 많이 먹고 콩 요리는 덜 먹으리라.
실제적인 고통은 많이 겪게 되겠지만
상상 속의 고통은 가급적 피하리라.

보라, 나는 시간시간을,
하루하루를 좀더 의미 있고 분별 있게 살아가는 사람이 되
리라.
아, 나는 이미 많은 순간들을 맞았으나

인생을 다시 시작한다면 그런 순간들을 좀더 많이 가지리라.
그리고 실제적인 순간들 외의
다른 무의미한 시간들을 갖지 않으려 애쓰리라.
오랜 세월을 앞에 두고 살아가는 대신에
오직 이 순간만을 즐기면서 살아가리라.

지금까지 난 체온계와 보온병, 레인코트, 우산이 없이는
어디에도 갈 수 없는 사람 중 하나였다.
이제 내가 인생을 다시 살 수 있다면
이보다 한결 간소한 차림으로 여행길에 나서리라.

만일 내가 인생을 다시 시작할 수 있다면
초봄부터 늦가을까지
신발을 벗어던지고 맨발로 지내리라.
무도회장에도 자주 나가리라.
회전목마도 자주 타리라.
데이지 꽃도 더 많이 꺾으리라.

나딘 스테어

시간

내가 일생을 통해 배운 것이 하나 있다면 그것은 바로

세상의 어느 누구도 내일을 기약하지 못한다는 점이다.

시간이란 한번 지나가버리고 나면 다시는 돌아오지 않는 선

물과도 같다.

명심하라, 지금 해야 할 일을 뒤로 미루는 사람에게

인생의 선물은 없다.

제임스 그린

내가 사흘만 볼 수 있다면

첫째 날,

사랑하는 이들을 다 불러모아놓고

그동안 목소리로만 듣던 그들의 아름다운 모습을 바라보겠
습니다.

그리고 지금까지 내게 삶의 심오한 이치를 알게 해준 책을

눈으로 읽어보고 싶습니다.

오후에는 시원한 숲 속을 거닐면서

자연세계의 아름다움을 바라보겠습니다.

그리고 황홀한 저녁 노을을 보겠습니다.

당연히 그날 밤은 너무 감격해서 잠을 이룰 수가 없겠지요.

둘째 날,

새벽 일찍 일어나 밤이 낮으로 바뀌는

감동적인 순간을 보고 싶습니다.

아침에 들를 곳은 미술관입니다.

그동안 나는 예술품들을 손으로 만져서 감상해왔습니다.

촉감으로 느끼던 그것들을 직접 보고 싶습니다.

내 눈으로 볼 수 있다면,

얼마나 행복한 관람이 될까요?

다음에는 극장이나 영화관에서 시간을 보내고 싶습니다.

촉감으로만 느끼던 것들을 눈으로 직접 볼 수 있다면

그 스릴이 정말 대단할 거예요!

셋째 날,

다시 한 번 해가 뜨는 광경을 바라보겠습니다.

그 다음엔 거리로 나가 사람들이 오가는 광경을 바라보겠습니다.

빈민가, 공장, 아이들이 뛰노는 놀이터에도 가보겠습니다.

외국인들이 사는 지역도 방문하겠습니다.

그것으로 외국여행을 대신할 수 있겠지요.

헬렌 켈러

길

희망이란,

원래부터 있는 것이라고 보기 어렵고

없는 것으로 보기도 어렵다.

그것은 지상의 길과 같다.

원래 지상에는 길이 없었으나

걷는 사람이 많아지면서 그것이 길이 되었다.

루쉰

우리 삶에 주는 충고

잡곡을 많이 드세요.

늦잠을 자지 마세요.

남들에게 그들이 원하는 것보다 더 많이 주세요.

다른 사람의 꿈을 무시하지 마세요.

좋아하는 시구들을 정성껏 메모해두세요.

귀에 들리는 모든 말들을 곧이곧대로 믿지 마세요.

자신이 갖고 있는 전부를 탕진하지 마세요.

모험을 하는 사람만이

가장 진실한 사랑과 큰 성과를 얻을 수 있다는 사실을 기억
하세요.

키스할 때 눈을 감지 않는 애인을 믿지 마세요.

"사랑해" 하고 말할 때는 진실해야 합니다.

"미안해" 하고 말할 때는 상대방의 눈을 보고 하세요.

첫눈에 반한다는 말을 믿으세요.

그러나, 외모에 반한 사랑이 전부는 아니랍니다.

결혼은 대화를 즐길 수 있는 사람과 하세요.

깊고 달콤한 사랑이 혹여 당신께 상처를 줄지도 모릅니다.

하지만 받아들이세요.

그것이 인생을 완전하게 할 수 있는 유일한 방법이니까요.

명석한 방법으로 논쟁하세요.

상대방의 자존심을 건드리지 마세요.

천천히 말하되 생각은 빨리 하세요.

말 속에 숨은 뜻을 잘 유념하세요.

당신이 지닌 지식을 다른 사람과 공유하세요.

누군가가 당신이 대답하고 싶지 않은 문제에 대해 물어올 때

웃으면서 이렇게 대꾸하세요.

"왜 꼭 그걸 알고 싶은 거죠?"

해야 할 일에 심혈을 기울이세요.

만일 실패했다면 그 일로 얻은 교훈을 섭취하세요.

자신을 존중하고,

다른 사람을 존중하고,

존엄을 지키세요.

그리고 자신의 행위에 대해 책임을 지세요.

사소한 말다툼으로 우정의 끈을 놓쳐버리지 마세요.

일단 잘못을 느꼈으면 모든 방법을 다해 해결해야 합니다.

빨리 움직이세요.

책을 많이 읽고 텔레비전을 적게 보세요.

날마다 성실한 삶을 살려고 노력하세요.

내일을 꿈꾸되 가끔씩 지난 일들을 돌아보세요.

그것이 인생의 향수이니까요.

혼자 있는 시간을 갖도록 하세요.

흔쾌히 변화를 받아들이되 자기 철학만은 버리지 마세요.

침묵은 황금이라는 사실을 기억하세요!

하느님의 존재를 믿으세요.

하지만 문 잠그는 건 잊지 마세요.

집안의 화목한 분위기는 가장 소중한 것입니다.

최선을 다해 화목한 가정을 위해 노력하세요.

가까운 사람과 다툴 때는 문제점만 말하고

자질구레한 과거사는 끄집어내지 마세요.

어제에 집착하지 마세요.

우리가 함께 사는 지구촌을 아끼고 사랑하세요.

자연을 우롱하지 마세요.

해마다 한 번씩은 자주 못 가본 곳에 가보세요.

많은 돈을 벌었으면 살아서 좋은 일을 많이 하세요.

그것이 신께서 베푸신 가장 좋은 선물입니다.

모든 규칙들을 진심으로 이해하고,

그것들을 합리적으로 고쳐나가요.

자신이 이루고자 했던 목표들을 뒤돌아보세요.

그리고 지난 시간 얼마나 성공했는지 평가해보세요.

전화를 하거나 받을 때 상대방도 느낄 수 있게

미소를 지으세요.

어머니께 자주 전화하세요.

정 힘들다면 마음속으로라도 생각하세요.

요리를 만들 때나 사랑을 할 때

백퍼센트 책임감을 갖고 하세요.

하지만 너무 많은 보답은 기대하지 마세요.

중국 웹사이트

벗어나지 않으리

그렇게 많은 변환기converter가 있고,

그렇게 많은 교차로가 있고,

그렇게 많은 이정표가 있지만,

나는 내 길을 벗어나지 않으리.

나 자신을,

나 자신의 목표를.

마고트 비켈

나 자신부터

내가 젊고 자유로워서 상상력에 한계가 없을 때,

나는 세상을 변화시키겠다는 꿈을 가졌다.

내가 좀더 나이가 들고 지혜를 얻게 되었을 때,

나는 세상이 변하지 않으리라는 것을 알았다.

그래서 시야를 약간 좁혀 내가 살고 있는 나라를 변화시키

겠다고 결심했다.

그러나 그것 역시 불가능한 일이었다.

황혼의 나이가 되었을 때 나는 마지막 시도로

나와 가장 가까운 내 가족을 변화시키겠다고 마음을 정했다.

아 그러나, 아무것도 달라진 것은 없었다.

이제 죽음을 맞이하기 위해 자리에 누운 나는 문득 깨닫는다.

만일 내가 나 자신을 먼저 변화시켰더라면

그런 나를 보고 내 가족이 변화되었을 것을.

또한 그것에 용기를 얻어 내 나라를 좀더 좋게 바꿀 수 있었

을 것을.

그리고 누가 알겠는가?

세상도 변화되었을지를!

어느 성공회 주교의 묘비

최후의 노래

내가 최후의 노래를 부를 때
그날이 아름다웠으면
그때가 낮이었으면!

내 두 발로 서서 노래하리라!
눈을 들어 하늘을 바라보며
노래하리라!

바람이 내 몸을 감쌌으면
태양이 내 몸을 비췄으면
온 세계가 나와 더불어
음악을 연주했으면!

오 빛나는 자여,
그대가 나를 죽이는 날이 아름다웠으면!
내가 최후의 노래를 부를 때가 낮이었으면!

하트리 버 앨릭잰더

오늘 하루가 선물입니다

늘 반복되는 지루한 일상이지만
마음과 생각이 통하여
작은 것에도 웃음을 나눌 수 있는
소중한 사람들을 만날 수 있으니
오늘 하루도 선물입니다.

늘 실수로 이어지는 날들이지만
믿음과 애정이 가득하여
어떤 일에도 변함 없이
나를 지켜봐주는 가족이 있으니
오늘 하루도 선물입니다.

늘 불만으로 가득한 지친 시간이지만
긍정적이고 명랑하여
언제라도 고민을 들어줄 수 있는
좋은 친구가 곁에 있으니
오늘 하루도 선물입니다.

늘 질투와 욕심으로 상심하는 날들이지만
이해심과 사랑이 충만하여
나를 누구보다 가장 아껴주는
사랑하는 연인이 있으니
오늘 하루도 선물입니다.

그 많은 선물들을 갖기에는
부족함이 많은 나이지만,
하루하루 힘들다고 투정하는 나이지만,
그래도 내가 열심히 살아갈 수 있는 이유는
이 소중한 사람들이 있기 때문입니다.

그 어떤 값비싼 선물보다
소중한 사람들을 만날 수 있는
오늘 하루가 가장 큰 선물입니다.

작자 미상

세 잎 클로버

한 번쯤 네 잎 클로버를 찾으려 헤맨 적이 있을 것이다.

네 잎 클로버의 꽃말처럼 행운을 얻기 위해서.

어딘가에 있는지도 모르는 행운을 찾으려 수많은 세 잎 클로버를 밟고 지나는 그대

혹시 세 잎 클로버의 꽃말을 아는가?

바로 행복이다.

보이지도 않는 행운을 위해

지금의 행복을 짓밟지 마라.

작자 미상

시, 바보, 나무, 신

시는 나와 같은 바보들이 짓지.
하지만 나무는 신만이 만들 수 있다네.
그리고 나무를 만드는 신만이
나와 같은 바보를 만든다네.

그러나 나와 같은 바보만이
나무를 만드는 신을 만들 수 있지.

E. Y. 하버그

칭찬인 줄 알았다

"네가 없어서 일이 안 된다."
칭찬인 줄 알았다.
내가 속한 공동체에서 내가 정말 필요하고
중요한 존재라는 생각에 기분 좋았던 말이다.
그러나 이 칭찬은
내가 꿈꾸는 진정한 리더의 모습에서
한 발짝 뒤로 물러나게 만들었다.
내가 아니면 공동체가 무너질 정도로
공동체를 내게 의존하게 만든 것은
내 이기적인 모습 때문이었다.

"너만 있으면 돼."
칭찬인 줄 알았다.
내가 능력이 아주 뛰어난 사람이라는 생각에
어깨가 으쓱했던 말이다.
그러나 이 칭찬은
내가 꿈꾸는 진정한 리더의 모습에서
두 발짝 뒤로 물러나게 했다.

따라주는 이 아무도 없는
독재였기 때문이다.

"너 정말 천재구나!"
칭찬인 줄 알았다.
기발한 아이디어가 풍부하고
똑똑한 사람이라는 생각에 코가 높아졌다.
그러나 이 칭찬은
내가 꿈꾸는 진정한 리더의 모습에서
나를 세 발짝 뒤로 물러나게 했다.
리더는 자신뿐만 아니라
다른 사람도 성공시킬 수 있어야 하기 때문이다.

"시키는 대로 잘하네!"
칭찬인 줄 알았다.
내가 말 잘 듣고 착한 천사와 같다는 소리에
마냥 기쁘기만 했다.
그런데 이 칭찬은

내가 꿈꾸는 진정한 리더의 모습에서

나를 네 발짝 물러나게 했다.

전통과 관료주의에 익숙해진 나는 이미

새로운 생각을 하지 못하고

변화를 두려워하는 사람이었던 것이다.

내가 꿈꾸는 진정한 리더는,

독재가 아닌 훌륭한 리더십을 발휘하여

나뿐만 아니라 따르는 이들에게 성공을 안겨주는 사람이다.

변화를 두려워하지 않고 새 시대에 걸맞은 필요와 변화를

올곧게 판단할 줄 아는 사람이다.

오늘도 난 진정한 리더로 성장하기 위해

내게 던져지는 칭찬의 말들을 다시 한 번 새겨듣는다.

작자 미상

용서

가장 무서운 죄는 두려움

가장 좋은 날은 바로 오늘

가장 무서운 사기꾼은 자신을 속이는 자

가장 큰 실수는 포기해버리고 마는 것

가장 치명적인 타락은 남을 미워하는 것

가장 어리석은 일은 남의 결점만 찾아내는 것

가장 심각한 파산은 의욕을 상실한 텅 빈 영혼

가장 지혜로운 사람은 자신이 옳다고 생각한 바를 실천하는
사람

가장 아름다운 믿음의 열매는 기쁨과 온유함

가장 나쁜 감정은 질투

그러나 가장 좋은 선물은 '용서'!

프랭크 크레인

쓸데없는 걱정

걱정의 40퍼센트는 절대 현실로 일어나지 않는다.

걱정의 30퍼센트는 이미 일어난 일에 대한 것이다.

걱정의 22퍼센트는 사소한 고민이다.

걱정의 4퍼센트는 우리 힘으로는 어쩔 도리가 없는 일에 대한 것이다.

걱정의 4퍼센트는 우리가 바꿔놓을 수 있는 일에 대한 것이다.

어니 J. 젤린스키

지금 결심하라

오늘 결심하라.

지금 이 자리에서 바로 결심해야 한다.

머잖아 자연스레 고쳐질 테니까,

그때까지 잠시 휴식을 취하자던가,

잠깐 잠들어 꿈이나 꾸자고 말해서는 안 된다.

개선은 결코 자연적으로 일어나지 않는다.

깊은 생각을 하기 위해서

보다 보람 있는 시간을 보냈을는지도 모를 '어제'를 무위도

식하고

오늘도 여전히 결심하지 못하는 자가

내일 이것을 할 수 있겠는가?

J. G. 피히테의 '독일 국민에게 고함' 중에서

인생에 대한 10가지 충고

1. 인생이란 원래 공평하지 못하다.

   이런 현실에 대해 불평하지 말고 받아들여라.

2. 세상은 네 자신이 어떻게 생각하든 상관하지 않는다.

   세상이 너희한테 기대하는 것은, 네가 스스로 만족을 느끼기 전에 무엇인가를 성취해서 보여주기를 기다리고 있다.

3. 대학 교육을 받지 않는 상태로 연봉이 4만 달러가 될 것이라고는 상상도 하지 마라.

4. 학교 선생님이 까다롭다고 생각되거든 사회 나와서 직장 상사의 진짜 까다로운 맛을 느껴봐라.

5. 햄버거 가게에서 일하는 것을 수치스럽게 생각하지 마라. 너희 할아버지는 그 일을 기회라고 생각했다.

6. 네 스스로 인생을 망치고 있으면서 부모 탓을 하지 마라. 불평만 일삼지 말고 잘못한 것에서 교훈을 얻어라.

7. 학교는 승자나 패자를 뚜렷이 가리지 않는다. 어떤 학교에서는 아예 낙제제도를 없애고 쉽게 가르치고 있다. 그러나 사회 현실은 이와 다르다는 것을 명심하라.

8. 인생은 학기처럼 구분되어 있지도 않고 여름방학이란 것은 아예 없다. 네가 스스로 알아서 하지 않으면 직장에서는 아무도 가르쳐주지 않는다.

9. TV는 현실이 아니다. 현실에서는 커피를 마셨으면 일을 시작하는 것이 옳다.

10. 공부밖에 할 줄 모르는 '바보' 한테 잘 보여라. 사회 나가서 그 '바보' 밑에서 일하게 될지도 모르니까.

빌 게이츠가 마운틴 휘트니(Mt.Whitney) 고등학생들에게 해준 말

감옥

이 세상에서 가장 고약한 감옥은 닫힌 마음이다.

교황 요한 바오로 2세

생각을 바꿔보라

십대 자녀가 반항을 하면
그건 아이가 거리에서 방황하지 않고 집에 잘 있다는 거고

지불해야 할 세금이 있다면
그건 나에게 직장이 있다는 거고

파티를 하고 나서 치워야 할 게 너무 많다면
그건 친구들과 즐거운 시간을 보냈다는 거고

옷이 몸에 조금 낀다면
그건 잘 먹고 잘 살고 있다는 거고

깎아야 할 잔디, 닦아야 할 유리창, 고쳐야 할 하수구가 있다면
그건 나에게 집이 있다는 거고

정부에 대한 불평불만의 소리가 들리면
그건 언론의 자유가 있다는 거고

주차장 맨 끝에 겨우 자리가 하나 있다면
그건 내가 걸을 수 있는데다 차도 있다는 거고

난방비가 너무 많이 나왔다면
그건 내가 따뜻하게 살고 있다는 거고

교회에서 뒷자리 아줌마의 엉터리 성가가 영 거슬린다면
그건 내가 들을 수 있다는 거고

세탁하고 다림질해야 할 일이 산더미라면
그건 나에게 입을 옷이 많다는 거고

온몸이 뻐근하고 피로하다면
그건 내가 열심히 일했다는 거고

이른 새벽 시끄러운 자명종 소리에 깼다면
그건 내가 살아 있다는 거고

날마다 쌓이는 이메일이 너무 많다면

그건 나를 생각하는 사람들이 그만큼 많다는 거고…….

작자 미상

단 한 번만이라도 더

즐거워야 할 봄의 노래 속에는 고뇌의 가락이 스며 있다.
봄이야말로 가장 짧게 스쳐 지나가는 계절이라고
일깨워주는 바람의 속삭임 같은 비애의 가락이.

가련한 봄
봄은 새싹을 돋게 하고 만물의 소생을 일깨워주지만,
한여름의 성숙과 충만함을,
또 가을의 수확을 보지도 못하고 가버린다.

봄은 마치 청춘과 같아서 그 열정으로 터질 듯하고
더없이 거칠고 시끄럽고 정신을 못 차리게 하면서도 한없이
달콤하고 아름답다.
그리고 청춘이 그렇듯이 순식간에 사라져버린다.

그 옛날 해마다 봄을 맞던 젊은 시절을 떠올리면
저절로 미소가 떠오른다.
봄바람을 맞아들이기 위해 창문을 열어제치면,
천지가 연초록으로 물들던 그 시절

뭔가를 추구하고 생각하며 불안정해하던,

서툰 감정에 사로잡혀 미성숙했던 그 청춘에 대해

지금 생각해보면 거의 연민에 가깝다는 생각이 들기도 하지만,

오! 지금이라도 다시 그런 시절을 경험할 수만 있다면

단 한 번만이라도 더……!

존 에드 피어스

2

우리는 그동안 너무

인생의 짧음과 풍요로움

우리는 자기 것도 아닌 인생을
왜 이리도 바쁘게 살아야 하는 걸까?

"천천히 살아야지" 하고
하늘이 말했다.
나무가 말했다.
그리고 바람도 말했다.

오사다 히로시

우리는 그동안 너무

우리는 그동안 위로 올라서려고 애쓰는 과정에서
뭔가 중요한 것을 빠뜨렸다는 생각이다.

우리는 그동안 너무 바쁘게만 살아오면서
정말로 중요한 것은 알지 못하거나,
이해하지 못하게 되었다.

우리는 그동안 너무 풍요롭고 피상적인 것들에만 빠져 살
았다.
이제는 뒤를 돌아보면서
세상과 연결하는 더 단순하고 더 자연적인 방식들을
재발견해야 한다.

데이비드 브룩스

부드러운 것이 강하다

진짜 강한 것은 약한 것이다.
약한 것이 강한 것을 이기고,
부드러운 것이 억센 것을 이기는 것이 자연의 이치다.

물은 그릇의 모양에 따라 그 모양을 바꾼다.
그래서 물만큼 유연하고 부드러운 것도 없지만,
세월이 지나면 바위도 뚫는 것이 바로 물이다.
만약 물이 골짜기가 아닌 산 위로 흐른다면
어떻게 큰 강과 바다에 도착할 수 있겠는가?

사람도 물 같은 부드러움과 겸손함을 갖출 때
비로소 성인이 되고 진정한 승자가 된다.
그래서 성인은 위엄을 부리지 않고 화내지 않으며,
사사로이 다투지 않는 것이다.
남을 다스릴 줄 아는 자는 자기를 낮출 줄 안다.
그것이 진정한 승리라는 것을 알기 때문이다.

노자

할 수 없다는 말

'할 수 없다'는 말은
글이든 말이든
세상에서 가장 나쁜 말이다.
욕설이나 거짓말보다 더 많은 해악을 끼친다.

그 말로 수많은 영혼이 파괴되고
그 말로 수많은 목표가 죽어간다.

'할 수 없다'는 말이 그대의 머릿속을 점령하지 않게 하라.
그러면 당신은 언젠가 원하는 것을 얻게 될 것이다.

'할 수 없다'라는 말은 야망의 적,
그대의 의지를 무너뜨리기 위해 숨어 있다.
그대의 목표가 무엇이든
끊임없이 추구하라.
그리고 '나는 할 수 있다'는 말로
그 악마에게 대답하라.

에드가 게스트

51

인생을 즐겁게 사는 법

샤워할 때는 노래를 하라.

1년에 적어도 한 번은 해돋이를 보라.

매일 세 사람을 칭찬하라.

단순히 생각하라.

크게 생각하되 작은 기쁨을 즐겨라.

당신이 알고 있는 가장 밝고 정열적인 사람이 되라.

항상 치아를 청결히 하라.

잘 닦인 구두를 신어라.

지속적인 자기 발전에 전념하라.

악수는 굳게 나누어라.

상대방의 눈을 보라.

먼저 인사하는 사람이 되라.

새로운 친구를 사귀되 옛친구를 소중히 하라.

비밀은 반드시 지켜라.

상대방이 내미는 손을 거부하지 마라.

남을 비난하지 마라.

당신 삶의 모든 부분을 책임져라.

사람들이 당신을 필요로 할 때 거기에 있어라.

때로는 모르는 사람의 주차요금을 대신 내주어라.

삶이 공정할 거라고 기대하지 마라.

사랑의 힘을 너무 얕보지 마라.

가끔은 아무런 이유가 없음을 이유로 샴페인을 터뜨려라.

설명하기 위해서가 아닌 주장할 수 있는 생을 살아라.

작자 미상

지난 과오를 책망하지 말라

우리는 이 세상에서 자신의 위치나 능력이
어느 정도인지를 알고 싶어한다.
그리고 두려워하면서도,
자신이 장차 어떤 운명의 별 아래서 살게 될 것인가를
알고 싶어한다.
그래서 점술가를 찾아가 앞날을 물어보는 것이다.
그러나 점술가도 다른 사람의 앞일을 알 수는 없는 법
우리가 자신의 위치나 능력에 대해 어떤 의심을 갖는 것은
이미 불안정한 스스로를 인정하는 것이다.

남을 심판하지 말라는 말이 있는데,
나는 오히려 스스로를 심판하지 말라고 하고 싶다.
이미 저질러버린 일에 대해서는
책망하지 말라는 것이다.
이것은 잘못을 합리화하자는 것이 아니라
자신을 학대하는 괴로움에서 벗어나기 위함이다.

인간은 그 스스로의 양심의 괴로움을 회피하려고

자기 행위를 속이거나,

혹은 그 일로 남을 원망하기 쉽다.

그러나 이것은 사태를 더욱 악화시킬 뿐이다.

이미 저질러버린 과오는

당시의 감정이나 기분으로선 어쩔 수 없는 일이었다고

인정해버리는 편이 좋다.

일단 인정하고 스스로에 대한 책망을 그만둔다면,

우선 마음이 평온해진다.

그렇게 평온한 마음을 되찾고 나면

자신의 잘못에 대해서도 그 전모가

거울에 비치듯이 자기 눈에 드러날 것이다.

지난 잘못에 대해 더 이상 스스로를 책망하지 않는다는 것은

자기를 새로운 출발점에 다시 서게 하는 일이다.

로렌스 굴드

초콜릿

인생은 초콜릿 상자에 있는 초콜릿과 같다.

어떤 초콜릿을 선택하느냐에 따라 맛이 달라지듯이

우리의 인생도 어떻게 선택하느냐에 따라

인생의 결과가 달라질 수 있다.

영화 「포레스트 검프」 중에서

웃어버려라

경쟁에서 이기지 못했는가?
웃어버려라.
권리를 무시당했는가?
웃어버려라.

사소한 비극에 사로잡히지 마라.
총으로 나비를 잡지 마라.
웃어버려라.

일이 잘 안 됐는가?
웃어버려라.
궁지에 몰려 있다고 생각하는가?
웃어버려라.

당신에게 무슨 일이 있건 간에
웃음 이상의 처방도 없다.
웃어버려라.

헨리 루더포드 엘리어트

행복의 비밀

행복을 내 것으로 만들기 위해 뒤쫓았다.
참나무 옆을 지나 흔들리는 담쟁이덩굴 너머로
그녀는 달아나고 나는 뒤쫓았다.

경사진 언덕과 골짜기를 넘어,
들판과 초원을 넘어,
보랏빛 골짜기를 내달렸다.
흐르는 시냇물을 건너며 그녀를 좇았다.
독수리가 비명을 지르는 어지러운 절벽을 올랐다.

모든 대륙과 바다를 지났다.
그러나 행복은 나를 피해 달아나기만 하고
기력이 다한 나는 더 이상 좇을 수가 없었다.

나는 어쩔 수 없이 황량한 들판 위에 몸을 눕혔다.
그러자 나에게 다가와 먹을 것을 구걸하는 사람도 있었고
적선을 해달라는 사람도 있었다.
나는 그들의 메마른 손 위에 빵과 황금을 놓았다.

나에게 동정을 구하는 사람도 있었고

휴식을 구하는 사람도 있었다.

나는 정성을 다해 그들의 부탁을 들어주었다.

그러자 바로 그때 행복이 거룩하고 아름다운 모습으로

내 옆에 서서 부드럽게 속삭였다.

나는 당신의 것이라고.

벌레이

적어둬라

만일 불친절한 말을 들었다면, 그것을 메모지에 적어둬라.

만일 어떤 이가 당신을 속였다면, 그것도 메모지에 적어둬라.

만일 어떤 이가 당신을 멸시했다면, 혹은 당신을 비난했다면, 혹은 당신을 배신했다면, 그것도 메모지에 적어둬라.

만일 어떤 이가 당신을 비웃었다면, 그것도 메모지에 적어둬라.

만일 어떤 이가 당신을 미워했다면, 그것도 메모지에 적어둬라.

만일 어떤 이가 당신을 의심했다면, 당신의 이웃이 솔직하지 못했다면

당신이 해야 할 것은 이것이다. 그것도 메모지에 적어둬라.

한동안 그렇게 하라.

그런 다음 그 메모지를 밖으로 가지고 나가 태워버려라.

존 켄드릭 뱅스

손의 십계명

하나,

치고 때리는 데 사용하지 않고

두드리며 격려하는 데 사용하겠습니다.

둘,

상처 주는 데 사용하지 않고

치료하는 데 사용하겠습니다.

셋,

차갑게 거절하는 데 사용하지 않고

따뜻하게 꼬옥 잡아주는 데 사용하겠습니다.

넷,

오락이나 도박에 사용하지 않고

봉사하고 구제하는 데 사용하겠습니다.

다섯,

받기만 하는 데 사용하지 않고

나누어주는 데 사용하겠습니다.

여섯,

비방하는 손가락으로 사용하지 않고

위해서 기도하고 찬양하는 데 사용하겠습니다.

일곱,

투기와 착취에 사용하지 않고

성실히 땀흘리는 데 사용하겠습니다.

여덟,

뇌물을 주고받는 데 사용하지 않고

하나님의 공의로 정직하게 행하는 데 사용하겠습니다.

아홉,

음란물을 열람하거나

TV 채널을 돌리는 데 사용하지 않고

책장을 넘기는 데 사용하겠습니다.

열,

놀고 먹으며 게으르지 않고

일하는 데 사용하겠습니다.

작자 미상

서두르지 마라

경험 풍부한 노인은
곤란한 일에 부딪혔을 때,
급히 서두르지 말고
내일까지 기다리라고 말한다.

사실, 하루가 지나면
좋든 나쁘든 간에
사정이 달라질 수 있다.

노인은 시간의 비밀을 알고 있다.

사람의 머리로는 해결할 수 없는 일들을
시간이 해결해주는 일들이 가끔 있다.

오늘 해결하기 어려운 문제는
우선 하룻밤 푹 자고 일어나서
내일 다시 생각해보는 것이 좋다.

곤란한 문제를

조급하게 해결하려 서두르기보다는

한 걸음 물러서서

조용히 응시하는 것이 현명하리라.

슈와프

내일

내일을 반겨 맞으세요.

일부러 걸어나가 내일을 맞이하세요.

내일이 오나 보다 하고

그냥 내버려두지 마세요.

그것은 마치 수영복만 입고

영하의 날씨 속으로

걸어 들어가는 것과 같습니다.

내일을 위해

만반의 준비를 하세요.

마치 친한 친구인 양

환영하며 맞이하세요.

내일은 정말 친구입니다.

만약 내일이

당신이 예기치 않은 것을

가지고 온다 해도 좋습니다!

당신의 생애에서 일어나는

예상 밖의 모든 일을

의연히 맞이하고

항상 당신 삶에로 받아들일 준비를

하고 계세요.

그리고 알아두십시오.

삶이란 항상

내일의 연속이라는 사실을!

M. 메리 마고

인디언 기도문

위대한 조상의 영이여,

제게 당신의 음성과 인도를 느끼게 하옵소서.

저를 미워하는 사람에게도 제가 선한 사람이 되게 하시고

늘 친절한 사람이 되도록 저를 도와주소서.

저의 적이 약하고 비틀거리면 그를 용서할 수 있게 해주소서.

또 그가 백기를 들면 그를 곤궁한 형제로 맞아줄 마음이 들

게 해주소서.

오, 조상의 위대한 영이여,

저의 두려워하는 마음을 일소해주소서.

그리고 무엇보다도

저로 하여금 완전한 인간이 되게 해주소서.

오, 신이여,

제게 지혜의 길을 일러주시고

두려움 없이 그 길을 좇을 용기를 주옵소서.

오, 위대한 영이여,

제게 부여된 일을 잘 감당하게 해주옵소서.

늘 제 스스로를 잘 돌아보게 하시고,

침묵해야 할 때는 그 절호의 기회를 놓치지 않게 하소서.

제가 고통을 받아야만 한다면 아무런 불평도 하지 않으며

남을 괴롭히지 않고

멀리 가서 홀로 말없이 고통을 견디게 하옵소서.

제가 이길 수 있다면 저를 도와 이기게 해주시고,

만일 제가 이길 수 없다면

적어도 멋지게 패배하는 사람이 되게 해주옵소서.

런던 버킹엄 궁 조지 왕의 서재에서 발견된 글

반성의 시

날마다 저녁이 되면 그날 하루를 되돌아보라.
오늘 하루가 하느님 뜻에 맞는 것이었는지 어떤지를
행동의 성실 면에서 기뻐할 만한 일이었는지 아닌지를
불안과 회한에 의한 부끄러운 짓은 아니었는지를.

그대가 사랑하는 존재의 이름을 부르라.
증오와 부정을 조용히 고백하라.
모든 악한 것들을 부끄러워하고
어떤 그림자도 침상에 가져가는 일 없이
마음속 모든 근심을 제거해버리고
영혼이 오래 평안하게 하라.

그리고 한결 맑아진 마음으로 시름을 놓고
그대를 가장 사랑하는 사람을,
그대의 어머니를,
그대 유년 시절을 회상하라.
그러면 수많은 금빛 꿈들이 그대를 위로하리라.
시원한 잠의 샘물에서 깊이 마시고

내일은 밝은 마음으로 새날을

영웅으로서, 승리자로서 시작할 수 있는 것이다.

헤르만 헤세

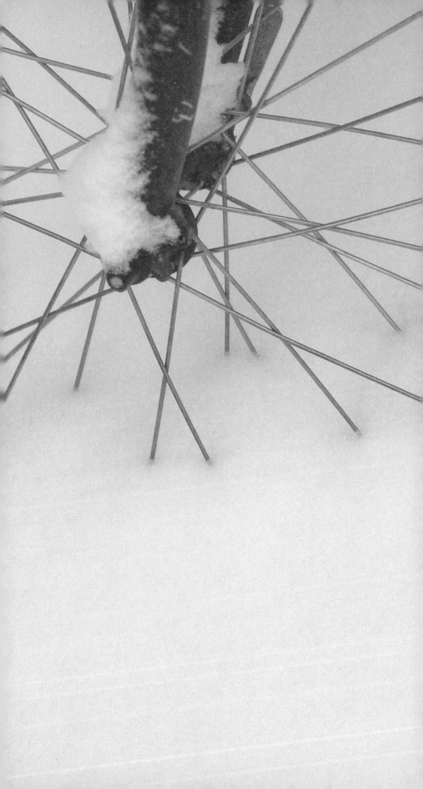

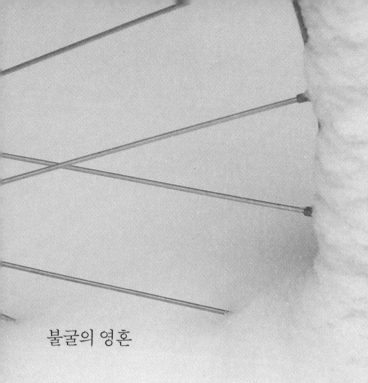

불굴의 영혼

밤이 나를 뒤덮고
어둠 속에서 한 치 앞을 볼 수 없어도
나는 신에게 감사한다.
내게 불굴의 영혼을 주신 것을.

아무리 좁은 문을 지나가고
끝없는 형벌에 시달려도
나는 내 운명의 주인이다.

윌리엄 헨리

불

불은 천둥이 불러온 것이고
불은 바람이 불러온 것이다.

불은 어둔 길을 밝히고
불은 사냥꾼을 보호한다.

용사가 불을 지니면 승리할 수 있고
사냥한 고기를 구워 신에게 제사를 올리면
사나운 짐승들과 해로운 벌레들을 물리칠 수 있다.

중국 윈난성 아시족 제화절(製火節) 제문

옷걸이

세탁소에 갓 들어온 새 옷걸이한테 헌 옷걸이가 한마디했다.

"너는 옷걸이라는 사실을 한시도 잊지 말거라."

"왜 옷걸이라는 것을 그렇게 강조하시는 거죠?"

"잠깐씩 입혀지는 옷이 자기의 신분인 양 교만해지는 옷걸이들을 그동안 많이 봐왔기 때문이지."

작자 미상

실패의 의미

실패란 당신이 실패자란 의미가 아니다.
아직 성공하지 못했다는 것을 의미할 따름이다.

실패란 아무것도 이룬 것이 없다는 말이 아니다.
단지 무언가를 터득했다는 의미일 뿐이다.

실패란 바보였다는 말이 아니다.
단지 당신이 믿음이 많은 사람이었다는 뜻일 뿐이다.

실패란 불명예가 아니다.
당신이 기꺼이 시도해보았다는 의미일 뿐이다.

실패란 무엇을 얻지 못했다는 말이 아니다.
무언가 다른 방향으로 시도해봐야 한다는 말일 뿐이다.

실패란 당신이 열등한 존재라는 의미가 아니다.
단지 아직 완전한 존재가 아니라는 말일 뿐이다.

실패란 인생을 허비했다는 말이 아니다.
단지 새로운 마음으로 다시 시작해야 한다는 의미일 뿐이다.

실패란 포기해야 한다는 말이 아니다.
좀더 열심히 노력해야 한다는 말일 뿐이다.

실패란 끝까지 그것을 이룰 수 없다는 말이 아니다.
좀더 시간이 걸릴 것이라는 말일 뿐이다.

실패란 하느님께서 당신을 버리셨다는 말이 아니다.
하느님의 생각이 좀더 좋은 것이라는 말일 뿐이다.

로버트 슐러

신용

신용이라는 것은 쌓기는 어렵고

무너뜨리기는 쉬운 것이다.

10년 걸려서 쌓은 신용도

유사시 아주 사소한 언동으로 잃어버리는 수가 있다.

소재로 표면만 가린 도금은

정작 중요한 때 벗겨지고 만다.

고난 속을 무서운 기세로

자신의 사명에 끝까지 살아가는 사람이야말로

최후에 모든 사람의 신용을 쟁취하는 것.

날마다 성실하게

설사 아무도 하지 않으려는 일일지라도 소중히

한 걸음 한 걸음을 인내심 강하게

자기 세계의 건설을 위해 나아가는 사람이야말로

진정한 신용을 쌓아가는 사람이다.

이케다 다이사쿠

레모라라는 이름의 고래

'레모라' 라는 이름의 고래는

아무리 큰 배라도 가지 못하게 막아버린다고 한다.

옛날 바다에 배를 띄우는 사람은

폭풍보다도 이 레모라라는 고래를 더 무서워했다.

이 레모라라는 훼방꾼이 우리 마음에도 가끔 나타난다.

돌이나 쇠라도 뚫을 듯한 불칼 같은 의지와 정열도

그 훼방꾼에게 부닥치면 식어버리고 만다.

인간의 마음속에 있는 '레모라' 는 바로 태만과 게으름이다.

게으른 마음이 한번 머리를 치켜들면

제아무리 힘찬 정열도 삼켜버리고 만다.

라 로시푸코

밝은 얼굴 만들기

밝은 얼굴이 주위를 밝게 하고
어두운 얼굴이 주위를 어둡게 한다.
나는 언제나 미소를 잃지 않는
그런 밝은 얼굴을 지니고 싶다.

자신의 얼굴은 자신이 보기 위한 것이 아닌
모두에게 보여지기 위한 것이다.
그걸 깨달았을 때
밝은 얼굴을 만들기 위해 진지해질 수 있었다.

마음의 평안, 조용한 기쁨
그것이 얼굴의 표정 근육을 부드럽게 하고
아름다운 미소를 만들어낸다.
밝은 얼굴 만들기는
일생 동안의 수행이다.

가리노 마코토

남자의 인생에는

남자의 인생에는 세 가지 길이 있다.
하나는 아내와 자식들을 위한 굳건한 가장의 길이고
하나는 사회적 지위의 상승과 성공의 길이고
하나는 언제든 혼자일 수 있는 자유의 길이다.

남자의 인생에는 세 명의 여자가 있다.
하나는 아내가 닮았으면 하는 어머니이고
하나는 전능한 어머니였으면 하는 아내이고
하나는 가슴에 숨겨두고 몰래 그리는 여인이다.

남자의 인생에는 세 가지 갖고 싶은 것이 있다.
하나는 자신을 징그러울 정도로 꼭 닮은 아들이고
하나는 죽을 때까지 못 잊을 첫사랑이고
하나는 목숨 다할 때까지 효도하고픈 부모이다.

남자의 인생에는 세 번의 몰래 흘리는 눈물이 있다.
하나는 첫사랑을 보낸 후 흘리는 성숙의 눈물이고
하나는 실패의 고배를 마신 후 흘리는 뼈아픈 눈물이고

하나는 부모를 여의었을 때 흘리는 불효의 피눈물이다.

남자의 인생에는 세 가지 중요한 것이 있다.
하나는 인생을 걸고 싶을 만큼 귀한 친구이고
하나는 고단한 길에 지침이 되어주는 선배이고
하나는 자신을 성숙케 하는 책이다.

작자 미상

인생은 자전거 타기

인생은 자전거 타기
페달을 계속 밟는 한 당신은 넘어질 염려가 없다.

나는 처음에 신을 심판관으로만 여겼다.
내가 저지른 잘못을 계속 추적하는 감시인으로,
그래서 내가 죽었을 때 내 행위들을 저울에 달아
천국이나 지옥으로 보낼 것이라고 생각했다.

신은 항상 내 주위 어딘가에 계셨다.
난 신을 묘사한 그림들을 알아볼 수 있었지만
정확히 신을 안다고 할 수는 없었다.
그러나 나중에 내가 보다 큰 힘을 더 잘 이해하게 되었을 때
인생이 하나의 자전거 타기처럼 여겨졌다.
앞뒤에서 페달을 밟는 2인승 자전거 말이다.
그리고 나는 알게 되었다,
신께서 내 뒤에서 나를 도와 열심히 페달을 밟고 계심을.

신께서 언제 내게 자리를 바꾸자고 제안했는지는

기억나지 않는다.

하지만 그후의 내 삶은 예전 같지 않았다.

삶이 내 안에 보다 강한 힘으로 가득 차 있었다.

더 많은 환희와 흥분이 내 삶을 창조해나갔다.

내가 핸들을 잡고 있을 때는

난 내가 어디로 갈지 알고 있었다.

그것도 약간 지루하긴 했지만 그래도 예측은 가능했다.

난 언제나 두 지점 사이의 가장 짧은 거리를 선택했다.

하지만 신께서 핸들을 잡았을 때

신은 신나게 방향을 꺾기도 하고,

가파른 산길과 돌투성이의 비포장길을 돌진했다.

그것도 목이 부러질 것 같은 무서운 속도로.

내가 할 수 있는 일이라곤 단지

자전거를 꼭 붙잡는 것뿐이었다!

비록 그것이 미친 듯이 보이긴 했지만,

신은 계속해서 소리쳤다.

"페달을 밟아! 힘껏 페달을 밟으라고!"

난 걱정이 되고 불안해서 물었다.

날 어디로 데려가는가 하고.

그러나 신은 그냥 웃기만 할 뿐 대답하지 않았다.

그리고 난 내가 차츰 신을 신뢰하고 있다는 사실을 알았다.

얼마 후 난 지루한 삶을 떨쳐버리고

모험 속으로 과감히 뛰어들었다.

그리고 내가 "두려워요!" 하고 외칠 때마다

신은 뒤를 돌아다보며 내 손을 꼭 잡아주셨다.

신은 나를 많은 사람에게로 인도했으며

그들은 내게 꼭 필요한 선물을 나눠주었다.

나를 받아주고 치료해주고 기쁨을 선물했다.

그래서 여행길 내내 나는 그들로부터 많은 선물을 받았다.

아니, 우리의 여행길,

신과 나의 여행길에서 말이다.

신이 내게 말했다.

"네가 받은 그 선물들을 나눠줘라. 그것들 때문에 자전거가 너무 무겁다."

나는 그렇게 했다.

난 우리가 만나는 사람들에게 그것들을 나눠주었다.

그래서 나는 줌으로써 받는다는 소중한 사실을 알았다.

더불어 그것이 우리의 짐을 가볍게 하는 비결임을.

나는 처음엔 그분을 신뢰하지 않았다.

내 스스로 인생의 핸들을 잡으려고만 했다.

난 그분이 자전거를 쓰러뜨릴지도 모른다고 생각했다.

하지만 그분은 자전거 타기의 명수였다.

급커브 길을 도는 법,

돌멩이를 피해 점프하는 법,

아찔한 절벽길을 훌쩍 날아서 건너는 법을

그분은 다 알고 계셨다.

이제 난 아주 낯선 장소에서는 입을 다물고

열심히 페달 밟는 법을 배우고 있으며,

주위 풍경과 내 얼굴에 와닿는 시원한 바람을 즐길 줄 안다.

내 변함 없는 친구인 내 안의 '보다 높은 힘'까지도!

내가 더 이상 나아갈 수 없다고 느낄 때마다

그분은 조용히 미소지으며 말씀하신다.

"열심히 페달을 밟으라고!"

작자 미상

3
누군가를 사랑한다는 것

작은 물방울이 모여

작은 물방울이 모여

대양이 되고

작은 모래알이 모여

대지가 된다.

작은 친절

작은 사랑의 말은

우리의 세계를

에덴동산으로 만든다.

줄리안 카르니

그대 안의 정원

꽃을 보러 정원으로 가지 마라.

그대 몸 안에 꽃 만발한 정원이 있다.

거기 연꽃 한 송이가 수천 개의 꽃잎을 안고 있다.

그 수천 개의 꽃잎 위에 가만히 앉으라.

수천 개의 꽃잎 위에 앉아서

정원 안팎으로 가득한 아름다움을 보라.

까비르

소금별

소금별에 사는 사람들은 눈물을 흘릴 수 없답니다.

눈물을 흘리면 소금별이 녹아버리기 때문이죠.

그래서 소금별 사람들은 자꾸만 눈을 깜빡거려요,

눈물을 감추려고 말입니다.

그래서 소금별이 더욱 반짝이나 봐요.

그대여, 울지 마세요.

당신의 별이 녹아버립니다.

작자 미상

흐르는 강물처럼

이해할 수는 없었지만,

사랑했던 사람들은 모두 죽었다.

그러나 나는 아직도 그들과 교감하고 있다.

어슴푸레한 계곡에 홀로 있을 때면

모든 존재가 내 영혼과 기억,

그리고 빅 블랙풋 강의 물소리,

낚싯대를 던지는 네 박자 리듬,

고기가 물리길 바라는 희망과 함께

모두 하나의 존재로 어렴풋해지는 것 같다.

그러다가 결국 하나로 녹아든다.

그리고 강이 그것을 통해 흐른다.

영화 「흐르는 강물처럼」 중에서

반지

여자가 반지를 왜 왼손에 하는지 알아?

여자의 왼편엔 마물魔物이 살고 있대.

그래서 결혼식 때도 여자는 꼭 왼쪽에 서는 거지.

남자한테 오른쪽만 보이게 하려고 말이야.

그 마물을 봉인하기 위해 왼손에 반지를 하는 거지!

드라마 「마녀의 조건」 중에서

아들에게 하는 부탁

애야, 네가 어릴 때 나는 아주 많은 시간을 들여

네게 숟가락 쓰는 법과 젓가락 쓰는 법을 가르쳤고,

단추를 잠그고,

옷을 입고,

머리 빗고,

콧물 닦는 법을 가르쳤다.

팽이 치는 법과 미끄럼 타는 법도 가르쳐주었지.

난 너와 함께 한 그 세월들을 지금도 잊을 수가 없구나……

내가 가끔 기억을 못해낼 때,

말을 더듬거리거나 그럴 때 나한테도 시간을 좀 주려무나.

내가 좀더 생각해보게 기다려주려무나.

마지막엔 내가 무얼 요구하는지조차

잊어버릴지도 모르지만 말이다……

애야, 우리가 수백 번 반복하고 연습해서 겨우 배웠던

동요를 기억하니?

뜬금없이 나는 어떻게 태어났느냐고 네가 물었을 때

대답을 찾으려고 얼마나 머리를 쥐어짜야 했던지!

그러니 그 옛날 내가 너를 위해
같은 이야기를 몇 번이고 반복했던 것처럼,
어릴 적 같은 노래를 몇 번이고 반복하여 흥얼거릴 때처럼,
나를 좀 이해해주려무나.
아주 잠시나마 그런 추억 속에 잠기게끔 가만놔주려무나.

간절히 바란다, 애야.
네가 바쁜 걸 알지만 아주 조금만 시간을 내어
나랑 수다도 좀 떨어주고 그랬으면 좋겠구나!

내가 옷 단추를 잠그지 않거나,
신발 끈을 매지 못하거나,
식사 때 옷을 더럽히거나,
머리 빗다가 손을 떨거나 할 때
제발 재촉하지 말아다오.
나한테 자그마한 인내심과 부드러움을 가져다오.

아주 잠시라도 너랑 같이 있음으로 해서

난 그나마 항상 따스할 수가 있단다.

애야! 이제 난 잘 서지도 잘 걷지도 못하는구나.

네가 내 손을 꼭 잡아주고 나랑 같이 천천히,

그 옛날에 내가 너에게 그랬던 것처럼 한 걸음 한 걸음 걸어

봤으면…….

만약 네가 자식으로서 이런 부모 마음을 이해해주지 못한다면

난 여생을 고통 속에서 떨다가 저 세상으로 가고 말겠구

나…….

어느 양로원 벽에 쓰여진 글

사랑이 그대를 부르거든

사랑이 그대를 부르거든 말없이 따르라.

비록 그 길이 힘들고 험난할지라도.

사랑의 날개가 그대를 감싸안거든

말없이 온몸을 내맡겨라.

비록 그 날개 안에 숨은 칼이 그대에게 상처를 입힐지라도.

사랑이 그대에게 속삭일 때는 그 말을 믿어라.

비록 찬바람이 정원을 황폐화시키듯이

사랑의 목소리가 그대의 꿈을 뒤흔들어놓을지라도.

칼릴 지브란

진실하라

진실한 것이 더 손쉬운 것이다.

어떤 일이든 거짓에 의해서 해결하는 것보다는

진실에 의해서 해결하는 편이

항상 직선적이며 보다 신속하게 처리된다.

그리고 남에게 하는 거짓말은

문제를 혼란시키고 해결을 더욱 멀게 할 뿐이다.

그러나 그보다 더욱 나쁜 것은

겉으로는 진실한 체하면서

자기 자신에게 하는 거짓말이다.

그것은 결국 그 인간의 평생을 망치게 할 것이다.

톨스토이

하루에 다섯 번씩 미소를

하루에 다섯 번씩 미소를 지으십시오.

서로서로 미소를 지으십시오.

그것은 반드시 쉽지만은 않습니다.

때때로 나는 나의 자매 수녀들에게조차도

미소짓기가 어렵다는 것을 압니다.

그러나 그런 때에는 기도해야 합니다.

평화는 미소에서 시작됩니다.

여러분이 전혀 미소짓고 싶지 않은 사람에게

하루에 다섯 번씩 미소지으십시오.

평화를 위해서 그렇게 하십시오.

마더 테레사

참된 사랑

참된 사랑은
이기적이지 않은 것,
주는 사람이나 받는 사람
모두를 자유롭게 해주는 것.

우리가 사랑받고 있다는 것을 알 때
우리의 마음은 한없이 따뜻해지고
우리 앞에 놓여 있는 어려움도
큰 문제가 되지 않습니다.

참된 사랑은
서로를 구속하는 것이 아니라
마음을 결속시켜주는 것,
서로가 더욱 성장하고 변화할 수 있도록
격려해주는 것.

참된 사랑은
순간순간의 경험을 소유하는 것이 아니라

그런 경험들을 소중히 여기고

보살펴주는 것입니다.

카렌 케이시

아름다운 영혼

사랑을 품고 있는 영혼만이
아름다움을 이해할 수 있습니다.
그런 영혼만이 아름다움과 더불어 살고
성숙할 수 있습니다.

아름다움은 눈으로 볼 수 없는 것,
그것은 지혜로운 사람과
고귀한 영혼을 가진 사람에게서 우러나는 것.

진정한 아름다움이란
아름다운 영혼으로부터 발산되는 한 줄기 빛.
마치 대지의 깊은 곳에서 솟구쳐 나와
한 송이 꽃에게 온갖 빛깔과 향기를 주는 생명처럼
우리 인간에게 빛을 던져주는 것.

참된 아름다움은
한 남자와 한 여자 사이에 존재할 수 있는
사랑이라는 영혼의 일치 속에

깃드는 것입니다.

칼릴 지브란

신이 아이들을 보내는 이유

신이 우리에게 아이들을 보내는 까닭은
시합에서 일등을 만들라고 보내는 것이 아니다.

우리의 가슴을 더 열게 하고
우리를 덜 이기적이게 하고
더 많은 친절과 사랑으로
우리 존재를 채우기 위해서다.
우리 영혼에게 더 높은 목적을 일깨우기 위해서다.

신이 우리에게 아이들을 보내는 까닭은
신께서 아직 포기하지 않았다는 뜻이다.
여전히 우리에게 희망을 걸고 있다는 뜻이다.

메리 보탐 호위트

나쁜 비누

비누는 쓸수록 물에 녹아 없어지는 하찮은 물건이지만
때를 씻어준다.
물에 잘 녹지 않는 비누는 좋은 비누가 아니다.
자기를 희생하여 사회를 위해 일하려 하지 않고,
자기 힘을 아끼는 자는 나쁜 비누와 마찬가지다.

존 워너메이커

누군가를 사랑한다는 것

누군가를 사랑한다는 건
사랑 이외의 모든 감정을 경험하고도
다시 사랑으로 돌아올 수 있다는 걸 의미한다.

누군가를 사랑한다는 건
상처와 아픔을 느끼고도
그 마음을 극복한 뒤
모두 잊을 수 있다는 걸 의미한다.

누군가를 사랑한다는 건
상대방이 완벽하지 않다는 걸 깨닫는 것.
단점이 눈에 보여도
내가 사랑하고 좋아하는 부분만 바라보며,
그 사람을 있는 그대로
기쁘게 받아들일 수 있어야 한다.

누군가를 사랑한다는 건
자신의 감정을 위한 튼튼한 기반을 쌓는 것.

하지만 조금은 흔들릴 여유도 남겨놓아야 한다.

성장과 경험과 배움을 위해선

늘 똑같게만 느껴서는 안 되니까.

누군가를 사랑한다는 건

새로운 생각과 사실을 받아들이는 것에

대범해지는 것.

누구든 변하지 않는 사람은 없지만,

그런 변화는 서서히 일어난다는 것을 알아야 한다.

누군가를 사랑한다는 건

가슴이 아플 때까지 끊임없이 주는 것.

두 사람이 나누어 가질 수 있는 가장 위대한 선물은

상대방에 대한 완전한 믿음과 이해.

그것은 사랑으로부터 생겨난다.

사랑은 자신을 110퍼센트 주고도,

그 보답으론 살며시 돌아오는

미소 하나면 충분하다고 생각하는 것.

누군가를 사랑한다는 건

"나 여기 있어요,

내 온 마음을 다해 당신을 사랑해요"라고 말하며,

완전히 자신을 바치는 것.

인정받기 위해 안간힘을 쓰며

자기를 바꾸려 드는 것이 아니다.

상대방이 자신의 좋은 점을 발견하고

단점을 포용할 수 있도록

스스로를 개발하는 것이다.

테레사 M. 리치스

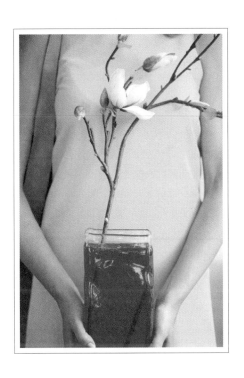

행복을 창조하는 기술

우리는 이제

행복을 창조하는 기술을 배워야 한다.

어린 시절 가족의 울타리 안에서

엄마 아빠가 행복을 만드는 모습을 보았다면,

어떻게 해야 할지는 이미 알고 있을 것이다.

함께 사는 것은 하나의 기술.

기술은 삶에서 필수적인 것.

말과 행동을 더욱 기술적으로 할 필요가 있다.

그 기술의 핵심은 깨어 있는 마음.

깨어 있는 마음일 때,

더욱 기술적으로 행동할 수 있다.

이것이 내가 지금까지 수행을 통해 배운 것이다.

틱낫한

사랑을 찾아다닌 이유

내가 일평생 사랑을 찾아다닌 까닭은 이렇다.
첫째는, 그것이 황홀감을 주기 때문이었다.
그 황홀감은 너무나 찬란해서
단지 그 몇 시간의 즐거움을 위해서라면
남은 생 전부를 희생해도 좋다고 생각했다.

둘째는, 그것이 고독감을,
하나의 떨리는 의식이
이 세상 너머의 차갑고 생명 없는,
끝없는 심연을 바라보는 그 공포를 덜어주기 때문에
사랑을 찾아다녔다.

마지막으로, 나는 사랑의 결합 속에서
성자와 시인들이 상상한 천국의 신비로운 축도를
미리 보았기 때문에 사랑을 찾았다.

B. A. W. 러셀

사랑이란

사랑이란
설사 잊기 힘든 일이 생겨도
용서해주는 것입니다.
함께 손을 잡고서 결코 떠나보내기를
원치 않는 것입니다.

내일도 오늘만큼 좋은 날이 되길 바라며
비밀을 함께 나누고
함께 속삭이며
별이 빛나는 밤하늘을
함께 바라보는 것입니다.

그리고 가장 중요한 것은
사랑이란
또다시 외롭게 되는 일이 결코 없을 것임을
깨닫게 되는 것입니다.

이더스 쉐이퍼 리더버그

고요히 머물러 사랑하기

누구나 잘못을 저지를 순 있지만
누구나 솔직할 수 있는 건 아니다.
진실한 사람의 아름다움은 무엇과도 비길 수가 없다.
솔직함은 겸손이고 두려움 없는 용기다.

잘못으로 부서진 것을
솔직함으로 재건한다면
그 어떤 폭풍에도 견딜 수 있는
강인한 것이 되리라.

가장 연약한 사람이 솔직할 수 있으며
가장 여유로운 사람이 자신의 모습을 볼 수 있고
자신을 아는 사람만이 자신을 드러낼 수 있다.

테클라 메룰로

만일 내가 다시 아이를 키우게 된다면

만일 내가 다시 아이를 키우게 된다면
먼저 아이의 자존심을 세워주고
집은 나중에 세우리라.
아이와 함께 손가락 그림을 더 많이 그리고
손가락으로 지시하는 일은 덜 하고
아이와 하나가 되려고 더 많이 노력하리라.
시계에서 눈을 떼고
그 눈으로 아이를 더 많이 바라보리라.

만일 내가 다시 아이를 키우게 된다면
아이가 많이 배우는 데 관심을 두지 않고
더 많이 관심을 갖게 하는 법을 일러주리라.
자전거도 많이 타고
연도 더 많이 날리리라.
더 많이 들판을 뛰어다니고
별들을 더 오래도록 바라보리라.

더 많이 껴안고 더 적게 다루리라.

상수리 숲의 떡갈나무를 더 자주 보리라.

덜 단호하고 더 많이 긍정하리라.

힘을 사랑하는 사람으로 보이지 않고

사랑의 힘을 가진 사람으로 보여지리라.

다이아나 루먼스

나를 사랑하라

당신이 불행하다고 해서 남을 원망하느라

기운과 시간을 허비하지 말라.

어느 누구도 당신 인생의 질에 영향을 끼칠 수 없다.

오직 당신뿐이다.

모든 것은 타인의 행동에 반응하는

자신의 생각과 태도에 달려 있다.

많은 사람들이 실제 자신과 다른,

뭔가 중요한 사람이 되고 싶어한다.

그런 사람이 되지 말라. 당신은 이미 중요한 사람이다.

당신은 당신이다.

당신 본연의 모습으로 존재할 때

비로소 당신은 행복해질 수 있다.

당신 본연의 모습에 평안을 느끼지 못한다면

절대 진정한 만족을 얻지 못한다.

자부심이란 다른 누구도 아닌

오직 당신만이 당신 자신에게 줄 수 있는 것.

자기 자신을 사랑한다는 것은 중요한 일이다.

다른 사람들이 뭐라고 하든,

어떻게 생각하든 개의치 말고

심지어 어머니가 당신을 사랑하는 것보다도

더 당신 자신을 사랑해야 한다.

삶을 언제나 당신 자신과 연애하듯 살라.

어니 J. 젤린스키

사랑과 침묵

할 말이 없으면 침묵을 배워라.
누군가를 사랑하고 사랑받는다는 것은
양쪽에서 햇볕을 쪼이는 것처럼
서로의 따스한 볕을 나누는 것이다.
그리고 그 정성을 잊지 않는 것이다.
우리 서로에게 걸맞은 태양이 되자.
그리하여 영원히 마주 보고 비춰주자.

그대의 운명을 사랑하라.
운명은 어떤 것이든 항상 두 개의 얼굴을 지니고 있다.
한쪽 얼굴은 어둡고 우울하며,
다른 한쪽은 따뜻하고 밝다.
어두운 얼굴을 가리고 밝은 얼굴을 택하여
그것만을 눈여겨서 바라보라.
그것이 험한 운명의 바다를 노 저어 가는 항해술이다.

현명한 사람이 되려거든 사리에 맞게 묻고, 조심스럽게 듣고, 침착하게 대답하라.

그리고 더 할 말이 없으면 침묵하라.

라파엘로

아버지는 누구인가

아버지는 기분 좋을 때 헛기침을 하고,
겁이 날 때 너털웃음을 흘리는 사람이다.
아버지는 자녀들의 학교 성적이 자기가 기대한 만큼 좋지
않을 때
겉으로는 "괜찮아, 괜찮아" 하면서도
속으로는 몹시 화가 나 있는 사람이다.

아버지의 마음은 검은색 유리로 되어 있다.
그래서 잘 깨지기도 하지만,
속은 잘 보이지 않는다.
아버지는 울 장소가 없어서 슬픈 사람이다.

아버지가 아침마다 서둘러 나가는 곳은
즐거운 일만 기다리고 있는 곳이 아니다.
아버지는 머리가 셋 달린 용龍과 싸우러 나간다.
피로와, 끝없는 업무와, 스트레스…….

아버지는 날마다
'내가 아버지 노릇을 제대로 하고 있나?'
하고 자책하는 사람이다.
아들, 딸이 밤늦게 귀가할 때
어머니는 열 번 염려하는 말을 하지만,
아버지는 열 번 넘게 현관을 쳐다본다.

아버지의 웃음은 어머니 웃음의 두 배쯤 농도가 진하다.
울음은 열 배쯤 될 것이다.
어머니의 가슴은 봄과 여름을 왔다갔다하지만,
아버지의 가슴은 가을과 겨울을 오간다.

아버지는 집안에서 어른인 체를 해야 하지만,
친한 친구를 만나면 소년이 된다.
아버지는 자식들 앞에서는 기도를 안 하지만,
혼자 차를 운전하면서는 큰 소리로 기도도 하고
주문을 외기도 하는 사람이다.

아버지는 돌아가신 뒤에,

두고두고 그 말씀이 생각나는 사람이다.

아버지란 돌아가신 후에야 보고 싶은 사람이다.

아버지! 뒷동산의 큰 바위 같은 이름이다.

시골마을의 느티나무 같은 크나큰 이름이다.

작자 미상

4
아직 시간이 남아 있다

죽음

만일 그대들이 마음속에 죽음에 대한 공포를 지니고 있다
해도

그건 별로 놀랄 만한 일은 아니다.

그러나, 그렇다고 해서 겁먹거나 불안해하지는 말라.

죽음이란 단지,

옷을 갈아입는 것에 불과할 뿐이라는 사실을

그대들도 곧 알게 될 것이다.

달라이 라마

발 밑의 행복

행복이 찾아오는 길은 여러 갈래요,

그 표정 또한 천앙각색이다.

그럼에도 불구하고 사람들은

이러저러한 조건과 한계를 붙여가며

행복을 고르고 있다.

그래서 설사 행복이 곁에 다가오더라도

결코 그 행복을 눈치채지 못한다.

네모라는 행복을 꿈꾸는 당신에게

지금 곁에 다가와 있는 동그란 행복의 미소가

보일 리 없는 것이다.

그대의 삶에 힘을 갖고 싶다면

지금 발 밑에 떨어져 있는 그 행복부터 주워담아라.

틱낫한

명상의 기술

명상은 사고에 대항하지 않는다.
명상은 초월을 지향한다.
사고를 넘어선다.
명상은 그대를 완전히 발가벗겨
신성神聖이 그대의 진정한 모습을 보게 해준다.

그대는 그 어떤 가면도,
화려한 의상도 모두 벗어던지고
조그만 아이가 된다.
이것은 위대한 삶의 순간,
저 너머로부터 사랑의 빗줄기가 퍼붓기 시작하고,
그대는 신성의 연인이 된다.

그러나 인간은 그것을 얻기 위해 땀을 흘려야 한다.
그것을 얻을 만한 자격이 있어야 하고
그에 합당한 가치를 지녀야 한다.
그것은 명상을 통해서 얻어진다.
명상은 그대가 사랑을 받을 수 있도록 준비시킨다.

신성은 항상 사랑을 줄 준비가 되어 있지만,
그대는 그것을 받을 준비가 되어 있지 않다.
그대에게는 그것을 받을 충분한 공간이 없다.

우리는 너무나 많은 잡동사니들로 꽉 차 있다.
생각, 욕망, 기억, 꿈들로 가득 차 있어서
내부에 한치의 공간도 남아 있지 않다.

공간을 만들어내야 한다.
내면에 공간을 창조해내는 것,
그것이 명상의 기술이다.

오쇼

4C

다이아몬드와 인간의 가치를 결정하는 기준으로 '4C'가 있다.

첫째는 투명도 다.
보석과 사람은 맑음의 정도에 따라 가치가 달라진다.

둘째는 무게Carat다.
가벼울수록 다이아몬드의 가치가 떨어지는 것처럼,
생각과 행동이 가벼운 사람은 인정받지 못한다.

셋째는 색깔Color이다.
가치 있는 보석일수록 신비한 빛을 발한다.
인간의 삶에도 나름대로 빛과 향기가 있다.

넷째는 모양과 결Cut이다.
보석은 깎이는 각도와 모양에 따라 가치가 달라진다.
가치 있는 사람은 주위를 향해 찬란한 빛을 발한다.

작자 미상

뱃사공에게 맡겨라

강을 건넌다.

저 건너편 강 언덕에 아름다운 땅이 있다.

그 아름다운 땅에 건너가려면

멀리 배를 타야 한다.

그런데 일단 배를 타게 되면

뱃사공에게 몸과 마음과 모든 생명을

온전히 내맡겨야 한다.

그리고 모든 짐을 배 위에다 내려놓아야 한다.

온전히 뱃사공에게 내맡기지 않고

"이리 가라, 저리 가라" 간섭을 해대는데

배에 짐을 내려놓지 않으면

안전하게 강을 건널 수 없게 된다.

스와미 크리슈나 아난

나는 왜 나일까?

나는 왜 나이고, 네가 될 수 없을까?

나는 왜 여기에 있고, 우주의 끝은 어디인가?

시간은 언제부터 존재했고, 또 그 끝은 어디인가?

태양 아래 존재하는 것들, 내가 보고 듣는 모든 것들이

단지 모였다 흩어지는 구름조각에 불과한 것은 아닐까?

악마는 존재하는지, 악마라는 존재가 정말 있는 것인지?

지금의 나는 어떻게 나일까?

과거엔 존재하지 않았고, 미래에도 존재하지 않을

단지 나일 뿐인데, 그것이 과연 나일 수 있을까……?

영화 「베를린 천사의 시」 중에서

명성은 마약과 같다

명성을 얻고 싶은 욕망은 정신적인 마약과 같은 것.
명성은 창조적 작업의 결과물이기도 하지만
동시에 핵폐기물처럼 매우 위험한 부산물이다.

명성을 쟁취하고 유지하려는 욕망은
일이 제대로 진행되고 있는지에 대해서가 아니라
남들에게 어떻게 보이는지를 집착하게 만든다.

줄리아 카메론

가장 좋은 것은 물과 같다

물은 만물을 이롭게 하면서도 다투지 않는다.

뭇사람들이 싫어하는
낮은 곳으로 흐르기를 좋아한다.
그러므로 도에 가깝다.

있을 때는 낮은 땅에 있기를 잘하고
마음 쓸 때는 그윽한 마음가짐을 잘한다.

벗을 사귈 때는 어질기를 잘하고
말할 때는 믿음직하기를 잘한다.

다스릴 때는 질서 있게 하기를 잘하고
일할 때는 능력 있기를 잘한다.

움직일 때는 바른 때 타기를 잘하며
오로지 다투지 않으니 허물이 없어라.

『노자 도덕경』 8장 '상선약수(上善若水)'

하루 선한 일을 행하면

하루 선한 일을 행하면
설사 복이 금세 오지는 않더라도
화는 저절로 멀어진다.

하루 악한 일을 행하면
설사 화는 금세 오지는 않더라도
복은 저절로 멀어진다.

선을 행하는 사람은 봄 동산의 풀과 같아서,
그 자라나는 것이 보이지는 않으나
나날이 더 늘어간다.

악한 일을 행하는 사람은 칼을 가는 숫돌과 같아서,
돌이 갈리어서 닳아 없어지는 것이 보이지는 않으나
나날이 더 이지러진다.

동악성재(東岳聖宰, 도가 선인)

젊은 수도자에게

고뇌하는 너의 가슴속에만
진리가 있다고 생각하지 마라.

모든 마당과
모든 숲
모든 집 속에서
그리고 모든 사람들 속에서
진리를 볼 수 있어야 한다.

목적지에서
모든 여행길에서
모든 순례길에서
진리를 볼 수 있어야 한다.

모든 길에서
모든 철학에서
모든 단체에서
진리를 볼 수 있어야 한다.

모든 행동에서
모든 동기에서
모든 생각과 감정에서
그리고 모든 말들 속에서
진리를 볼 수 있어야 한다.

마음속의 광명뿐 아니라
세상의 빛줄기 속에서도
진리를 발견할 수 있어야 한다.
온갖 색깔과 어둠조차도
궁극적으로 아무런 차이가 없다.

진정으로 진리를 원한다면
진정으로 사랑하길 원한다면
그리고 행복하기를 원한다면
광활한 우주의 어느 구석에서도
진리를 만날 수 있어야 한다.

스와미 묵타난다

다 놓아버려라

길다, 짧다, 깨끗하다, 더럽다, 많다, 적다
분별하면 차별이 생기고
차별하면 집착이 생기게 마련

옳은 것도 놓아버리고
그른 것도 놓아버려라.

긴 것도 놓아버리고
짧은 것도 놓아버려라.

하얀 것도 놓아버리고
검은 것도 놓아버려라.

바다는

천 개의 강, 만 개의 하천을

다 받아들이고도 푸른빛 그대로요,

짠맛 또한 그대로다.

다 놓아버려라.

원효

내면으로 들어가라

일하라.
그것이 신에 대한 헌신이다.
사랑은 가장 훌륭한 약.
그것은 전기보다도 강하다.

모든 인간을 신처럼 사랑하라.
누군가 그대를 모욕하거나
상처를 준다 해도 그를 사랑하라.

나는 아무것도 원하지 않는다.
내가 존재하는 유일한 이유는 봉사다.
그대 남편이나 아내가 행복해하면 신도 행복해한다.

그대를 찾아오는 누구라도 그대의 손님
그를 존중하고 환영하라.
그에게 음식을 대접하라.
손님에게 아무것도 먹이지 않는 것은
아쉬람의 전통에 위배된다.

배고픈 사람을 먹이는 것이 신에 대한 헌신,
음식이 먼저고 기도는 그 다음이다.

늘 진실을 말하라.
그대가 누구고 무엇을 필요로 하는지
그대 내면에서 찾아라.

나는 아무것도 하지 않는다.
신이 모든 것을 알아서 처리하니까.
모든 형상 속에서 신을 발견하라.
그것이 머릿속으로 신을 상상하는 것보다 훨씬 낫다.

돈을 안전하게 간수하듯이,
그대의 가슴 전부를 신께 바쳐라.
만물 속에 현존하는 신께 헌신하라.

세상 사람들 모두 밖으로 내달리지만,
그대는 안으로 들어가라.

그대의 내면으로 들어가라.
제 몸 속으로 목을 잡아당기는 거북이처럼.

님 까올리 바바

죽기 좋은 날

오늘은 죽기 좋은 날

모든 생명체가 나와 조화를 이루고

모든 소리가 내 안에서 합치를 이루고

모든 아름다움이 내 눈 속에 녹아들고

모든 사악함이 내게서 멀어졌으니

오늘은 죽기 좋은 날

나를 둘러싼 평화로운 저 땅

마침내 순환을 마친 저 들판

웃음이 가득한 나의 집

그리고 내 곁에 둘러앉은 자녀들

그래, 오늘이 아니면 언제 떠나겠는가

오늘은 죽기 좋은 날

어느 타오스족 인디언

떠나지 말라

기도 드렸다.

그분의 형상을 보게 해달라고.

그러자 그분은 유형의 형상으로 나타나셔서

무형의 형상까지 보여주셨다.

그분은 말씀하신다.

떠나지 말라, 여기를.

명상이니 요가수행이니

어떤 종교의식을 통해서도

그분을 만날 수 없으니.

그분은 너무 가깝게 계시기 때문이다.

그분이 바로 몸이요, 마음이다.

꼬집으면 아파하는 이는 그분이다.

한잔 술에 흥겨워하는 이가 그분이다.

몸이 원하는 것을 하라.

마음이 원하는 것을 하라.

정욕과 애착을 비난하지 마라.

그분이 주신 정욕과 애착을 마음껏 누리라.

여기 축복이 넘치고 있다.
이 일상의 한복판에서 축제가 열리고 있다.
그분의 선물, 삶의 즐거움에 등지지 마라.
일상의 번잡함 중에 고요히 머무시는 그분을 발견하라.

그분의 집은 이 세상 모두이다.
천국도 지옥도 땅도 바다도 하늘도
그분 유일자의 것이다.

찾는 자여,
조급해 마라.
어디를 가더라도 그분이 맞을 것이며
어디에 있더라도 그분이 웃을 것이다.

보라!
그분은 안이며 밖이다.

그분은 유형이며 무형이다.

외치는 이도 그분이고 듣는 이도 그분이다.

둘러보아도

휘저어보아도

오직 그분밖에 없다.

투리야

친구여, 말하라

나, 강물 앞에 서 있나니
물결은 철썩이며 발등을 간질이고
강과 물결은 나와 함께 노래 부른다.

강은 무엇이며
그 물결은 무엇이며
나는 누구이며
그 발등은 누구이며
물결이 일어도 강이며
물결이 잘 때도 강이나니.

친구여, 말하라.
지금 말하라.
지금.

보이는 것들 가운데 그분 아닌 것.

들리는 것들 가운데 그분 아닌 것.

만지는 것들 가운데 그분 아닌 것.

나에게 말하라.

지금.

까비르

마음의 평화

늘 우리의 내부에 깃들어 있으면서 우리를 떠나지 않는
그런 마음의 평화는 존재하지 않는다.

마음의 평화는 언제나 되풀이되는 부단한 투쟁에 의해서
나날이 새롭게 쟁취하지 않으면 안 되는 것.

모든 정의로움이 그러하듯이
마음의 평화는 투쟁이고 희생이다.

헤르만 헤세

길 없는 숲 속에도

길 없는 숲 속에도 즐거움이 있다.
외로운 해변에도 환희가 있다.
아무도 침입할 수 없는 곳이 있다.
파도 소리 요란한,
저 심연의 바다.

나는 사람만이 아니라 자연도 사랑한다.
나는 자연과의 대화에서 배운다.
내가 어떤 사람이었는지와,
어떤 사람이 되어야 하는지를.
또 나는 자연과 만날 때마다 느낀다.
내가 표현할 수 없는 것이지만
숨길 수 없는 것을.

바이론 경

평온을 비는 기도

하느님,
바꿀 수 없는 것은 받아들이는 평온을
바꿀 수 있는 것은 바꾸는 용기를
또한 그 차이를 구별하는 지혜를 주옵소서.

하루하루 살게 하시고
순간순간 누리게 하시며
고통을 평화에 이르는 시련쯤으로 받아들이게 하옵고,

죄로 물든 세상을 내 원대로가 아니라
예수님처럼
있는 그대로 받아들이게 하옵시며,

당신의 뜻에 순종할 때
당신께서 모든 것을 바로 세우실 것을 믿게 하셔서,

이 생에서는 사리에 맞는 행복을

저 생에서는 다함이 없는 행복을

영원토록 누리게 하옵소서.

라인홀드 니버

능력, 재능, 재주

절벽 가까이로 나를 부르셔서 다가갔습니다.

절벽 끝에 더 가까이 오라고 하셔서 더 다가갔습니다.

그랬더니 절벽에 겨우 발붙이고 서 있는 나를

절벽 아래로 밀어버리시는 것이었습니다.

물론 나는 그 절벽 아래로 떨어졌습니다.

그런데 나는 그때까지 내가 날 수 있다는 사실을 몰랐습니다.

로버트 슐러

아직 시간이 남아 있다

아침마다 나는 집에서 기르는 애완견을 한 번씩 쓰다듬어주고 집을 떠난다.

그러나, 나는 그 개의 죽음을 미리부터 예감하고 있다.

언젠가는 그 개도 잃게 될 것이다.

내 주위의 온갖 죽음 투성이들.

덧없는 생명체들의 죽음.

나는 온갖 죽음들을 예감한다.

장미꽃의 향내, 미모사sensitive plant, 물 속에 핀 온갖 수초들, 흰 비둘기와 집토끼, 심지어 이름 없는 닭들과 어슬렁대는 고양이들의 죽음……

그리고 나보다 나이가 많은 사람들의 죽음과 아직도 살아 있는 이들의 죽음을.

그럴 때마다 모든 것에 대한 고통스런 사랑이 나를 휘어잡는다.

그들을 질리도록 사랑해주지 못한 회한들……

나의 수목들과 친구들과 나와 접했던 온갖 피조물들에 대해

다정하게 대해주지 못했다는 후회들…….

그러나, 그럼에도 불구하고 그렇게 늦지는 않았다.

나에게는 아직도 그동안 게을리 했던 것들을 보충할 수 있는 충분한 시간이 있을 테니까.

루이제 린저

결론

우리에겐 해답이 있는 것이 분명하다.

만일 그렇지 않다면

그것을 구하려고 그렇게 애를 쓰지 않을 것이다.

그리고 그것은 언제나

여러 개의 답이 될 것이다.

만일 어떠한 해답도 구할 수 없으면

사람들은 그것을 찾기를 포기할 것이고,

그렇다고 오직 하나의 해답만 존재한다면

사람들은 그걸 벌써 찾았다고 생각하고

더 이상 찾으려 하지 않을 것이다.

오도 마르크바르트

잊고 있던 내면의 소리에 귀기울이면…

세상에는 수많은 책들이 나와 있고, 지금 이 순간에도 수십 수백 종의 책들이 얼굴을 내밀기 위해 만들어지고 있습니다. 그리고 저 헤아리기 힘들 정도의 허다한 책들 가운데서도 시집은 가장 얄팍합니다. 요즘은 책들이 참 안 읽히고, 그 중에서도 시집은 찬밥 신세라고 합니다.

그런데 이렇게 페이지도 얼마 되지 않는 시집을 골라 읽는 마음은 어떤 것일까요? 시의 독자들은 대체 어떨 때, 무슨 생각으로 시를 읽을까요?

왠지 종잡을 수 없는 마음에 우울할 때, 실연의 아픔에 괴로울 때, 고달픈 삶에 사는 게 뭔지 싶을 때 불현듯 팔을 뻗쳐 손에 닿는 시집을 펼쳐보지 않을까요? 분명 요즘처럼 영상물이 넘쳐나고, 인터넷이 발달한 세상에서 시를 읽는다는 행위는 엔터테인먼트와는 거리가 멀어 보입니다.

여럿이보다는 혼자일 때, 오락보다는 사색이 필요할 때, 이성보다는 감성, 정확한 수치나 계산보다는 정서의 안정과 휴식이 필요할 때…… 시에는 속도보다는 마음의 행로를 따라 천천히 움직이는 느

림의 미학이 있습니다.

'시란 무엇인가?' 에 대한 숱한 정의가 있습니다만, M. W. 셸리는 '시는 가장 행복하고 가장 선한 마음의, 가장 선하고 가장 행복한 순간의 기록이다' 라고 말했습니다.

하지만 많은 사람들이 시에 대한 선입견을 가지고 있는 것 같습니다. 시는 왠지 난해하고, 나와 무관한 소수의 사람들이 향유하는 것으로 생각하는데, 꼭 그렇지는 않습니다. 모든 이들의 마음속에는 시의 감정이 깃들어 있습니다. 단지 삶이 너무 벅차고 버거워서 우리가 잠시 잊고 있을 뿐이지요.

시는 절대 골치 아프고 어렵지 않습니다. 정말 난해하고 골치 아픈 시라면 나와는 안 맞는다 여기고 치워버리면 그만입니다. 자기만의 목소리를 닮은 시 한 편을 골라 조용히 음미하다 보면 우리가 잊고 있던 내면의 소리, 저 순수하고 해맑은 영혼의 빛깔을 느낄 수 있을지도 모릅니다. 처음에는 조금 생경한 느낌이 들더라도 이해되는 대로, 이해 안 되면 안 되는 대로. 시험 볼 것처럼 밑줄 좍좍 그어가며 공부할 것도 아니니까요.

여기 실린 시들은 흔히 말하는 '잠언시' 입니다. 참 쉽고, 아무 페이지나 펼쳐서 읊조릴 수 있습니다.

이 시집은 시와 미학을 알아서 거창하게 시론이나 문학론을 거론할 '전문가' 들을 위한 책이 아닙니다. 취미 삼아 독서를 즐기거나, 철학적이고 주관적인 언어에 익숙한 사람, 평론가적 기질을 가진 사람에겐 이 시집이 못마땅할 수도 있습니다.

그렇지만 서툰 솜씨로 시집을 엮은 제가 그렇듯이 비문학인, 수많은 아마추어들을 위해 정말 쉬운 시편들만 엄선했습니다. 화려하고 돋보이는 삶은 아니지만, 자신의 삶 속에서 충분한 의미를 누리고자 애쓰는 사람, 주변의 작은 것에 애정 어린 시선을 줄 줄 아는 사람, 세상이 나 혼자가 아니라 이웃과 더불어 살아가려고 애쓰는 사람에게 감히 이 시집을 권해봅니다.

    만일 내가 인생을 다시 산다면
    이번에는 더 많은 실수를 저지르리라.
    긴장을 풀고 몸을 부드럽게 하리라.
    그리고 좀더 우둔해지리라.

                           _「만일 내가 인생을 다시 산다면」 중에서

한 줄의 시가 인생을 바꿀 수도 있다고 합니다.

짧고 간결한 잠언시 속에는 앞서 삶을 살아낸 많은 이들의 지혜가 담겨 있습니다.

삶이 버겁고 마음이 울적할 때 여기 실린 시편들을 읽노라면 놀랍도록 위안이 되고 큰 힘이 되어줄 것입니다.

이 책에 실린 원고의 일부는 원작자를 찾기가 힘들었습니다. 도서출판 토파즈로 연락을 주시면 다시 허락을 받고 원고료를 지불하겠습니다.